9 781916 483910

GW00734488

First published by Les Puces Ltd
in December 2018
ISBN 978-1-9164839-1-0

www.lespuces.co.uk

LITTLE BEAST

under the sea

Little Beast is playing with his friend the star. They are playing balancing but suddenly Little Beast slips!

He falls down and down, through the night sky. "How far can I fall?" thinks Little Beast.

Below him he sees the sea and a beach...
and is that his friend the star?

Splash! Little Beast plunges into the water. He wants to stop but he can't. "How far can I fall?" he asks himself again.

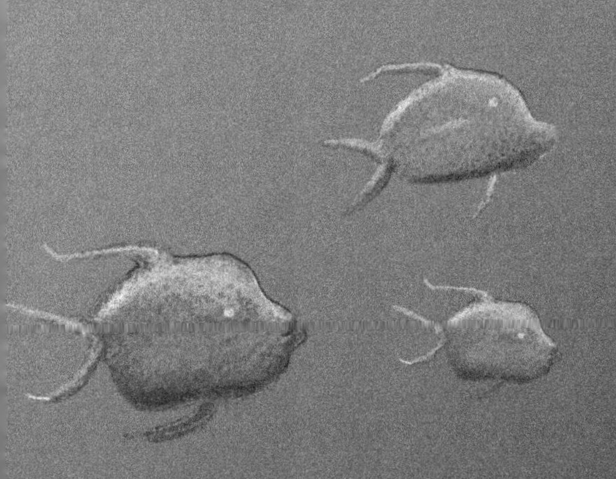

Just as he is about to say "hello" to a passing seahorse, a school of ghostly fish appear from nowhere. They spin him around and around until he is dizzy.

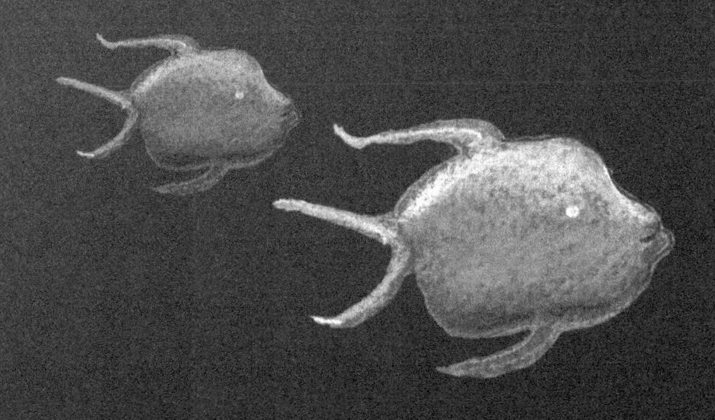

He is flung into a beautiful garden of seaweed. Many eyes are watching him. "Hello!" he calls out to a starfish, but he hears no answer, because he keeps on falling.

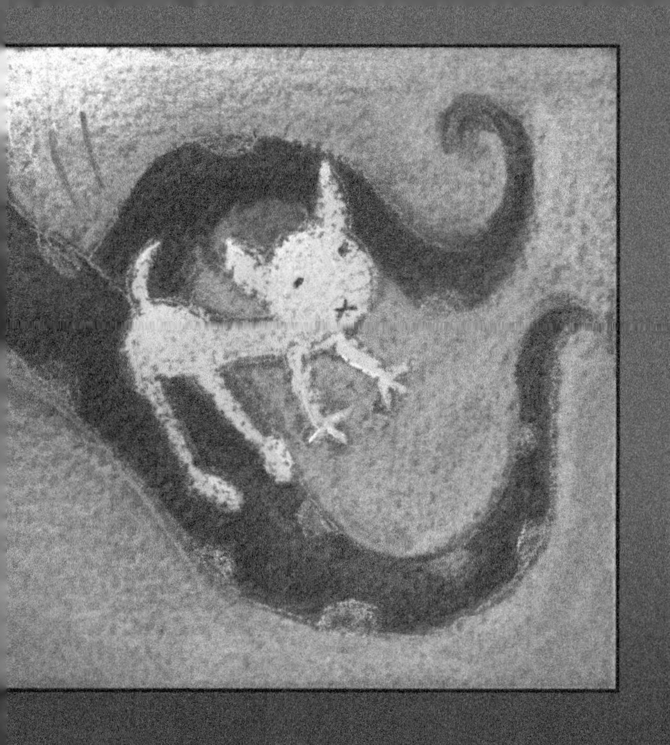

He lands on the
head of an octopus,
slides down one
long tentacle and
flips off the end!

Falling, diving and swimming down to the deepest part of the ocean, Little Beast is filled with joy to see his friend the star waving at him.

His feet are firmly on the bottom of the ocean. In front of him, the light from an angler fish reveals an old shipwreck.

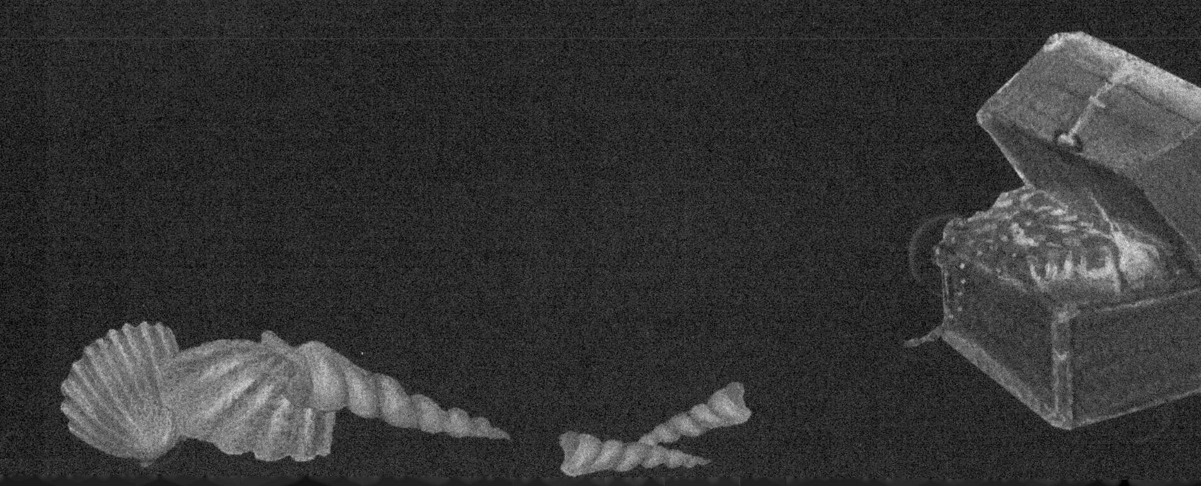

Little Beast looks around for his friend and sees him lying on the ground. Little Beast waves.

"That's just a reflection in a mirror", explains the angler fish. "It's not really your friend." Little Beast looks into the mirror but only sees his own face.

"I can help you get back to the surface", says a turtle. "Climb onto my back!" With seaweed for reins, Little Beast holds tight as the turtle makes his way back up through the water.

"This is as far as I can take you", explains the turtle, "but my friend the whale will carry you to the surface now."

Clinging to the whale's head, the water becomes lighter and warmer as the sun's rays start to break through.

As they break through the surface, the whale blows Little Beast up into the air. "Yippeee!" he cries as he rides the jet of water.

He lands on the soft sand of the beach, covered in seaweed and with a pearl in his hand. The boy on the beach smiles as Little Beast hands him the smooth shiny gift.

la tortue marine
the sea turtle
le poisson-pêcheur
the angler fish
l'épave du navire
the shipwreck
l'étoile de mer
the starfish
la coquille
the shell
le trésor
the treasure

la baleine
the whale
la mer
the sea
le poisson
the fish
un banc de poissons
a school of fish
un selene vomer
a lookdown fish
l'hippocampe (m)
the seahorse
la pieuvre
the octopus
les algues (f)
the seawee

Il atterrit sur le sable doux de la plage, recouvert d'algues et une perle à la main. Le petit garçon sur la plage sourit lorsque Petit Monstre lui tend le cadeau lisse et brillant.

En arrivant à la surface, la baleine fait s'envoler Petit Monstre en soufflant. "Youpiiiii !" s'écrie-t-il en volant à travers le jet d'eau.

S'agrippant à la tête de la baleine, l'eau s'allège et se réchauffe alors que les rayons du soleil commencent à percer.

"Voilà, je ne peux pas t'emmener plus loin", explique la tortue, "mais mon amie la baleine te portera jusqu'à la surface maintenant."

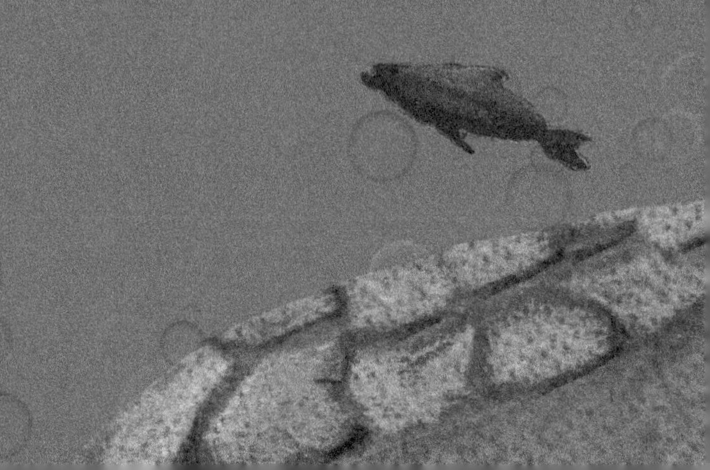

"Je peux t'aider à regagner la surface", dit une tortue. "Grimpe sur mon dos !" Avec des algues en guise de rênes, Petit Monstre s'accroche pendant que la tortue remonte vers la surface.

"Ce n'est que le reflet d'un miroir", explique le poisson-pêcheur. "Ce n'est pas vraiment ton amie." Petit Monstre regarde dans le miroir mais ne voit que son propre visage.

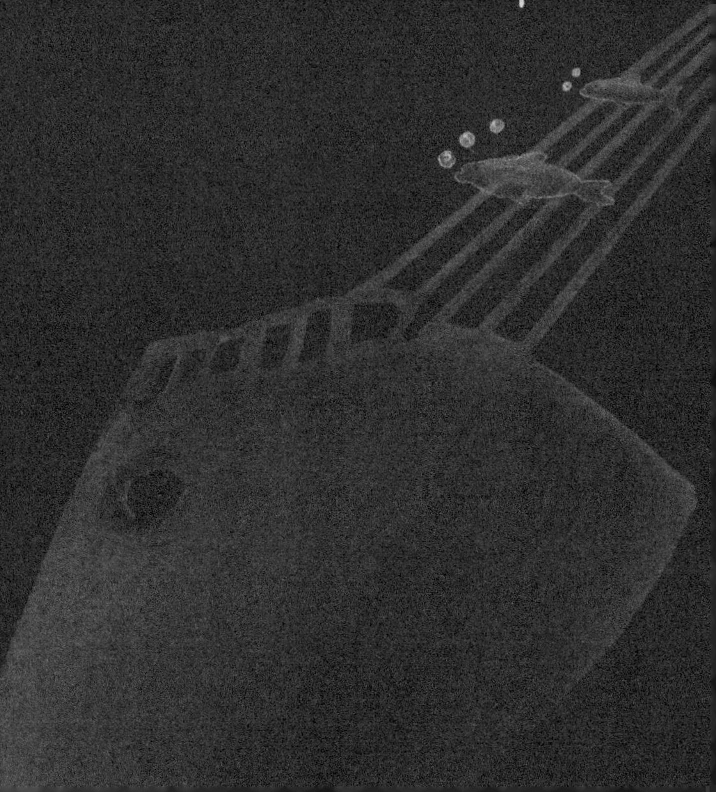

Petit Monstre cherche son amie du regard et la voit gisant au sol. Petit Monstre lui fait un signe de la main.

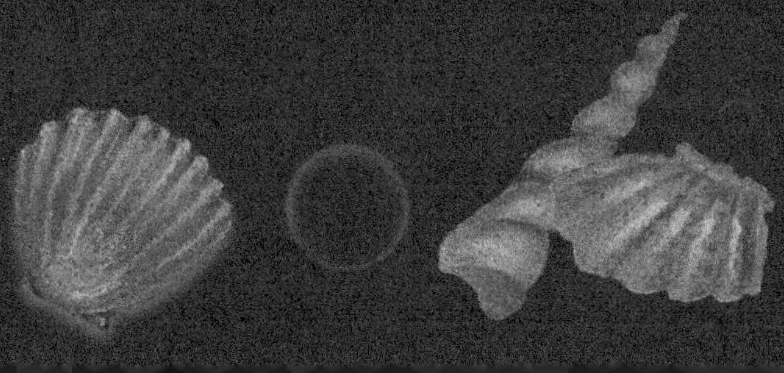

Ses pieds sont bien ancrés au fond de l'océan. Devant lui, la lumière d'un poisson-pêcheur révèle une vieille épave du navire.

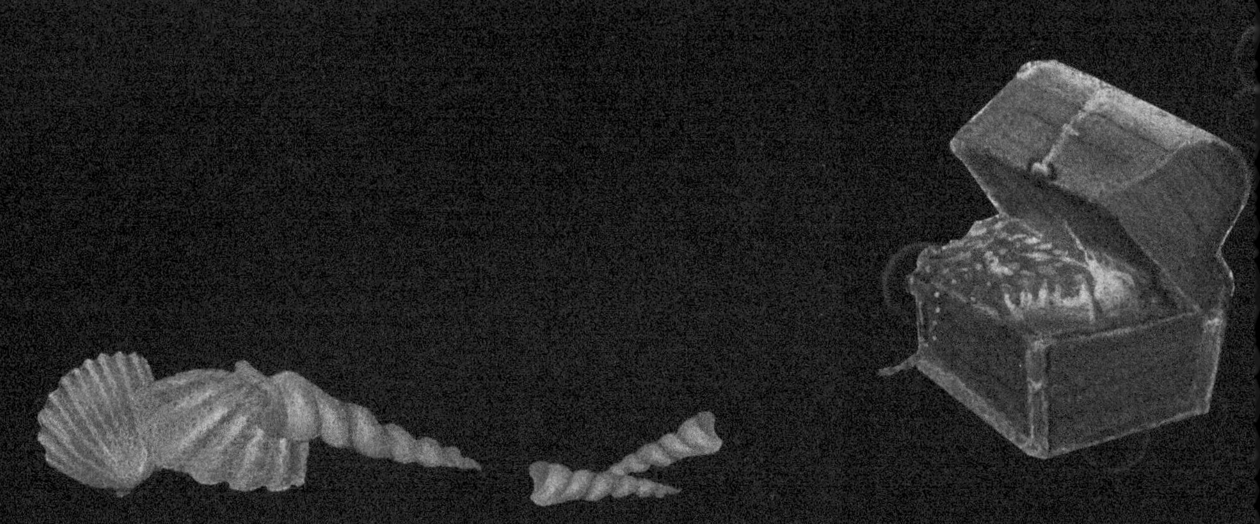

Tombant, plongeant et nageant dans la partie la plus profonde de l'océan, Petit Monstre est comblé de joie en voyant son amie l'étoile qui lui fait un signe de la main.

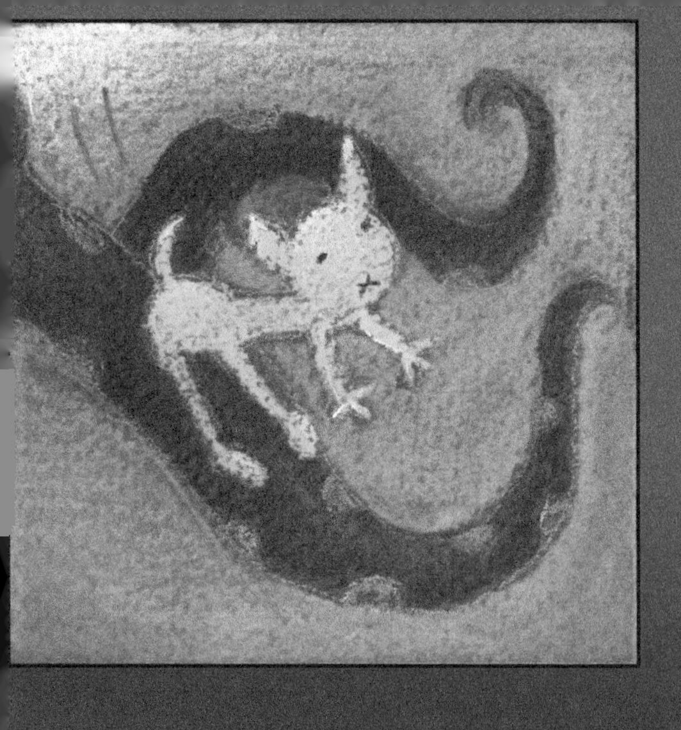

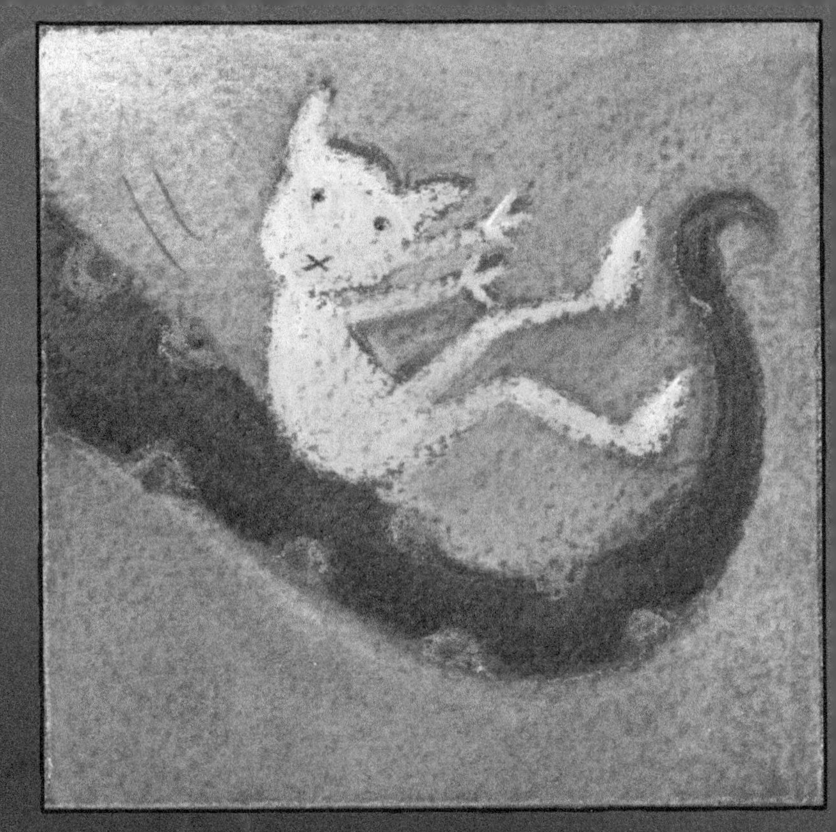

Il atterrit sur la
tête d'une pieuvre,
glisse le long d'un
long tentacule et
rebondit sur le
bout !

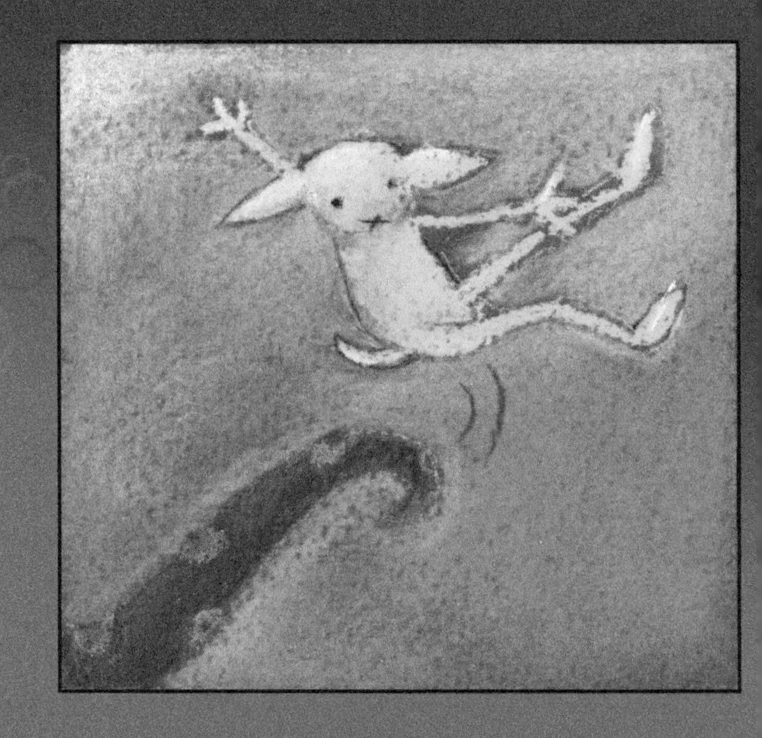

Le voilà en vol vers un beau jardin d'algues. Plein d'yeux l'observent. "Salut !" dit-il à une étoile de mer, mais il n'entend pas de réponse, parce qu'il continue sa chute.

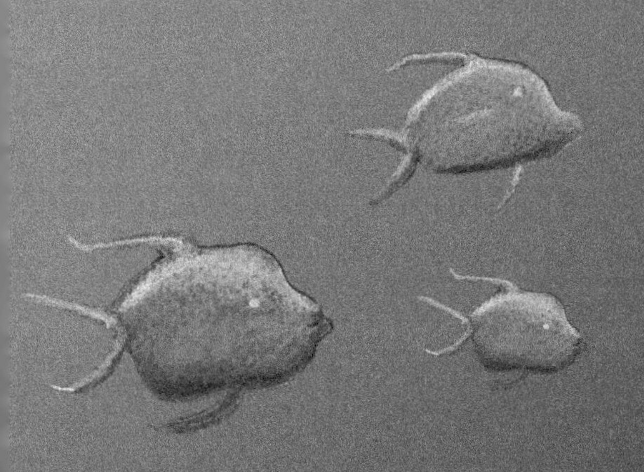

Sur le point de saluer un hippocampe qui passait par là, un banc de poissons fantômes surgit de nulle-part. Ils le font virevolter jusqu'à ce qu'il ait le tournis.

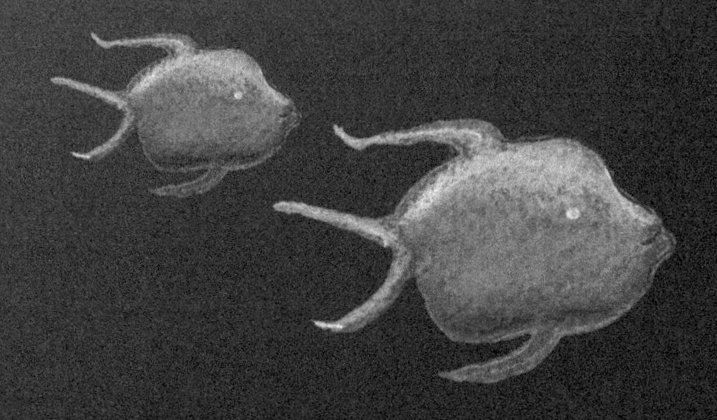

Plouf ! Petit Monstre plonge dans l'eau. Il veut s'arrêter mais il ne peut pas. "Jusqu'où vais-je tomber ?" se demande-t-il encore.

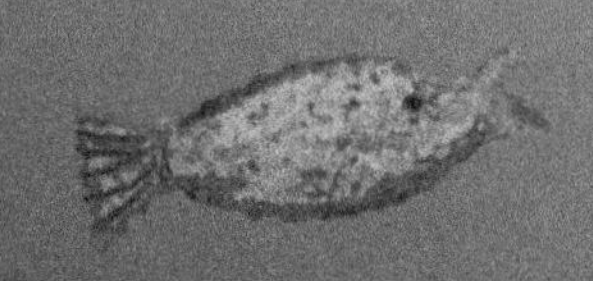

En contrebas, il voit la mer et une plage... et serait-ce son amie l'étoile ?

Il tombe, tombe et tombe dans la nuit noire. "Jusqu'où vais-je tomber ?" pense Petit Monstre.

Petit Monstre joue avec son amie l'étoile. Ils jouent à tenir en équilibre mais tout à coup, Petit Monstre glisse !

PETIT

MONSTRE

sous la mer

First published by Les Puces Ltd
in December 2018
ISBN 978-1-9164839-1-0

www.lespuces.co.uk

Écrit et produit par
Mandie Davis

pour Jude

illustré par
Krystyna Rogerson